てのひらにいっぱい

八木英之 *Yagi Hideyuki*

ふらんす堂

目次

Ⅲ　生き抜いてこそ

てのひらにいっぱい

Ⅰ

出会うほどに素敵

名画

きれいに曇った日に美術館へと出かけた。人や林檎や風景が、曇り空に負けずに壁にへばりついている。白いブラウスの婦人はいつから微笑んでいるのか。傾《かし》いだテーブルからは林檎が転げ落ちそうで、ぼくの前の人がドシドシと歩いたら、はかなくも川原の小石の上に三個落ちた。不意に雲間から光が射すと、赤色が淡い灰色に映えて、せせらぎの音が懐かしく響く。

かがんで林檎を拾おうとしたら、つい婦人と目が合ってしまい、さすがに気まずくなって彼女の左手に一個のせた。はにかんだ笑顔をぼくは忘れないだろう。林檎はその手の中で、永遠に赤い。

カミの噂

噂話の真偽は知れず、ちょいと掘ってみたくもなる。庭に小さな穴を掘り、「神の髪は紙なんだって」と叫ぼうとしたら、低く湿った声で遮る者があった。

皺を隠せば、天使と見紛う面差《おもざ》し。神の第二秘書だそうだから、さぞかし苦労も多かろう。ひとまず縁側で緑茶をすすめた。ぎこちなくぬるい風が抜ける。

紙の髪は野暮なのか、神は紙が好きなのか、そもそも神に髪はあるのか。洗いざらいそんな話をしたかったけど、秘書はうつむいたまま茶をすすって、額の皺を深めるばかりだった。

その日は穴を埋めてから、彼を帰した。

面影

古来、暴君のたくらみによって闇に葬られた善人は数知れず。あり余る権力は、人をして狂気の道を歩ませるのか。善も正義も、無用の飾りに成り下がる。

それはそうと、闇にとってはたまったものではない。好き勝手に死体を葬られてみろ。迷惑も甚だしい。ほとんど知られていないが、闇はなかなか図太い神経を持ちあわせている。いつまでも黙ってはいなかった。自慢の漆黒を一段と濃くすると、ついに死体を拒んだのだ。

闇に葬られ損ねた死体がひとつ。ほら、またひとつ。暗くはないから見えてしまう。見えてしまえば気になるはずだ。気になる者たちの密談の末、目立つ傷あとを修復して、死体をマネキンに仕立て上げることにした。

その眼差しには、善人の面影が残っているものも多いという。老舗の百貨店にでも出かけたら、さりげなく、しかし注意深く、確かめてみるといい。

更新

川を挟んで一年ぶりに会う。当日の天気が気になり、ここ数日、こまめに予報をチェックしていた。せっかく会うなら、やはり壮麗な眺めも楽しみたい。

夕暮れ時、私が先に着いて、まもなく待ち人が来る。久々だからか、まるで別人と思ったら本当に別人で、はじめましてと言い合う始末。来るはずだった人は、他にいい人ができたとのことで、過ぎ行く日々の無常を思った。ここぞとばかりに、肩を震わせ泣きじゃくるほどの体力もない。

かわりの人は、なぜ来てくれたのだろう。無理やり頼まれたのなら、いささか申し訳ない。話題が咄嗟に浮かばなくて、とりあえず微笑んでみた。向こう岸から返る声は、ときどき川の音で途切れるけれど、耳に優しい。その声の主が、ふと下流の方を指さした。こっくりと頷き、私はゆっくり歩きだす。その人も歩きだす。ここに橋はなくて、カササギも見当たらないから。海のあたりの浅瀬で会えるかもしれない。

大きな川の輝きは、晴れた夜空によく似合う。めでたく再会の約束を交わせたら、これから二人、新たな伝説を生きる。

賭け

一日に一度だけ、二個のダイスを同時に振る。ゾロ目が出たら君に会うのだ。めったに会えないぼくらは、そのつどの出会いを大事にしている。

去年の夏は、海に行ってクラゲを見てゲラゲラと笑い合った。そのときに刺された跡がぼくの右腕に残っているのを君は知らない。なぜなら、秋は葡萄と柿の食べ比べで忙しく、冬には厚着をして二人で夜通しオリオンを追っていたから。もっと追いかけてサソリを捕まえようと君はせがんだが、ぼくはクラゲでもう懲りたよと取り合わなかった。

春のことだった。なぜかゾロ目が全然出なくなり、暇に背を押されて一人で公園に行った。ベンチに腰かけ、そろそろゾロ目をと気もそぞろで、アリがぞろぞろ巣穴から這い出るのを見る。

気まぐれに、たまたまひとつポケットに入っていたダイスを投げたら三が出た。そこに、アリが一匹寄ってくる。よく見たら、アリの体も三つの丸。ぼくはあわててダイスを拾い上げると、走って家に帰って二個のダイスを放り投げた。三、三のゾロ目。

晩春の植物園でこの話をしたら、そんなのもありよねと君は高らかに笑った。地面を見れば、ここにも黒いアリが数匹。白薔薇の蕾は、もうじき綻《ほころ》びそうだ。

護身

筆捌きよりも前に、刀の振り方を習った。おかげで今も、「ぬ」の字などがよく書けない。いきなり夜道で襲われたなら、腰の刀を抜くつもりだ。

昨夜、怪しき者の気配があり、ひとり路地裏で息をひそめた。左手を鍔《つば》に添えてしばし待つ。

足音は徐々に乾いて、その者、眼前に迫り、ついに抜刀のとき。しかし、すっかり錆びた刀は抜けず、怪しき者はただ行き過ぎて、虚しくその顔を胸に刻んだ。

夜明けとともに刀を捨てる。まずは、な行の練習から始めたい。

月見

月に帰る前に会うことにした。ススキを飾って団子を並べ、月明かりのもと、初めてテーブルを挟んだ。

遠くで花火の音がする。この人とは気が合うだろうと踏んでいたが、実にうまい団子であった。百周年の麓《ふもと》の菓子屋は、買ったその日につぶれたそうだ。

二度目の野焼きで校舎も焼けた。体育館も鳥小屋も焼け、鉄棒の思い出だけが焼け残る。小屋から逃げたインコが飛び交い、焦げたノートは風に舞い散り、いつかススキの原に戻る。新たな団子を探さなければ。

月に帰るのはしばらく延期だ。遠くの花火はまだ鳴っている。月の丘でも聞こえるだろうか。

干し芋

手紙が戻ってきた。

「あて所《どころ》に尋ねあたりません」

変な言葉だ。


二日間、暇をもらう。無人駅から徒歩ではきつい道を歩いて、薄暗い広葉樹林で仮眠をとった。売店で買っておいた干し芋をかじり、まだ長い続きに備える。

日没前に家に着いた。表札はない。ここだったのかと首をひねり、変な言葉を思い出す。蜂の巣はなく、土鳩もいない。不揃いな垣根の間に色褪せた巣箱。丸い穴に手紙をねじ込んで去った。

あれから月が少し太って、仕事から帰ると、薄い封書が届いていた。

「また来てくれよ」

要はそういうことだった。干し芋も入っていた。

招待状

二の腕はどこかと問われて、肘《ひじ》を折って数えてみる。肩からおりるか、手からのぼるか。一巻をとばして二巻は読めず、一階のない二階屋では寝返りも打てない。折られた肘も困ってしまう。

あなたの腕に触れるのは、じかに素肌に触れるのは、座布団に座って雪原を滑るようなもので、とてもとてものんびり茶など飲んではいられませぬ。ついでに蜜柑がこぼれたら、誰が拾ってくれるのでしょう。

かつて師が点《た》ててくれた茶の香り。親の顔より忘れがたく、すれ違いざまに二の腕から香っても、きっと驚かずにいたいのです。

婚礼の席で見たのが最後とは言わせない。新茶をいれて待っていますから。

窓

　初めてモデルに呼ばれて、いそいそとアトリエを訪ねた。小窓から差し込む光が、名も知らぬ鉢植えの大きな葉の上に落ちている。

　部屋が狭いぶん、静けさが濃い。老画家の前で、覚えたてのポーズを次々と決める。猫のポーズ、花瓶のポーズ、麦のポーズで声がかかった。「脱げ」と言う。

　ああ、そんな、もう、ついに……。それなりのギャラだから致し方なく、ブラウスのボタンに手をかける。ひとつ、二つ、三つめをはずそうとすると、「服ではない」との低い声。

　沈黙。筆は動かない。画家の眼も動かない。そそくさとボタンを戻す。親指があせっている。キャンバスはたぶんまだ白くて、沈黙が少し痛い。

　窓の外をちらりと見て、小さく息を吐いた。鉢植えは今も明るくおとなしい。葉はただ緑でいればいい。それだけのことにやっと気づく。麦の次はもう忘れよう。やわらかな光のなかでブラウスを整えると、私はするするとポーズを脱いだ。

　沈黙は続く。けれど、筆はようやく動きだした。ジリジリと描かれながら、今度は心やすらかに、窓の外を眺めている。

Ⅱ

典雅な殺風景

新星

花屋は儚いし、医者は偉ぶるのがしんどそうだから、ぼくは迷わず石屋になった。堅牢、不朽、実直、無言。石はいい。でも、墓石はお断りだ。

先日、久々に星の注文があった。半球の真ん中のくぼみに熱々の鉄と水飴を注いで、片割れの石でぴっちりと挟み込む。ぐっと力を加えると気持ちも入る。この瞬間がたまらない。隙のない球体を目の前にして、艶《つや》やかなカーブに我ながら惚れ惚れした。きのう客先に納めたから、来週には夜空を飾るだろう。

惑星か衛星か聞きそびれたが、見慣れない星を見つけたら、ぼくが造ったものだと思って間違いない。

ぬいぐるみ

「イヌやウサギより、ゾウの方がよく売れるよ。でも、カメはもっと人気があるね。万年も生きないけれど」

　接客中の店主の声を、隣りの土産屋は聞き逃さない。さっそく店番を小僧に押し付け、カメラを抱え長寿生物の調査に出かけた。

　翌月、杉のぬいぐるみが発売されると、高齢の客に飛ぶように売れた。樹齢三千年の重みは伊達ではない。クリスマスツリーとの類似が指摘されたが、それはあくまでうわべの話で、杉の木と樅《もみ》の木は、振袖と乾電池くらい隔たっているのだ。

　カメが売れずに困った店主。世をはかなんで夜空を見上げる。冬の夜は、いつだってこんな感じだ。南にオリオン座が大きく見えて、それからやや東には……。

二週間後、シリウスのぬいぐるみが発売されると、老夫婦がこぞって買い求めた。億単位の長寿は抗《あらが》いがたい輝きなのだ。この青白い球体に負け、売れ残った杉が隣の店頭で森を築く。小僧はそのなかをひとりさまよい、森の奥地で見つけた滝の音を聞いて悟りを開いた。

十日後、神様のぬいぐるみが店先を飾る。箱入りのため中身は見えないが、道行く人々の視線を集めた。元手がかかっているから、値段はまさに極楽レベル。誰もが箱を手に取ってその重さを味わうと、すっと売り場に戻していく。

「意外と軽いけれど、神様って痩せているのかな」

子どもの疑問に母は無言でうなずき、親子は静かにその場を離れた。箱は減らない。店頭のワゴンから店内の壁際まで、びっしりと積まれた箱が、流行りの去った杉の森を開拓して、神殿の石垣へと変貌しつつある。
青白いぬいぐるみが、隣の店でまたひとつ売れた。

手紙

空色の便箋に、古い万年筆で近況を綴りました。

「竹の花はすっかり萎《しお》れて、私の予想より三日も早く、金星が燃え尽きたようです」

この手紙は来世までもちます。万年筆で書いたのですから。ふたたびその花に出くわすかもしれません。

これから、白い封筒に入れて投函します。配達の途中で闇討ちや洪水に遭っても、きっと遅れずに届くはずです。万年筆で書いたのですから。今日の消印は、地の果て水の果てまで有効なのでご安心を。

思いっきり手を伸ばして、相手の手に触れる。それが手紙です。ときには南方の道も通るでしょう。もし日に灼けて黄色くむくんでいたら、サボテンの棘に気をつけてください。たとえ万年筆で書いてあっても、ね。

寄り道

「近くに来たらお寄りください」と言われていた気がして、昼間にふらりと立ち寄ったのだった。

黒い金属製の門をくぐると、広大な庭がある。そのほぼ真ん中に敷かれた通路を挟むように立ち並ぶシラカシの間を、屋敷を目指して歩き始めた。そこまではよかったのだが、木々の隙間にちらつく芝地がまぶしすぎた。

短い緑に寝転んで見る空は高い。深い。青い。その青がしだいにのっぺりと淡くなって、やがて白くなる。白が微かにふるえると、ゆるい波に呑まれそうになり、あわてて身を起こした。

芝生にまじってクローバーが見える。まじまじと見れば四つ葉だ。そのへんを探してみたら、四つ葉のクローバーが五つもいくつも見つかって、ひとつつまんで胸のポケットに入れた。願ってもない手土産がうれしい。

　両手を反らして大きく伸びをすると、もう寝転ぶ気にならなくて、押し葉作りを楽しみに、急いで帰ろうと思う。誰の家の庭だったか、ついにわからぬままだった。

どろぼう

うそつきははじめの一歩として、いつしかぼくはどろぼうでした。

あなたが宝石を欲しがれば、廃屋のかたい庭をうろつき、南天の木の下で拾ったガラス玉を持ち帰ります。尾根から見上げた夕空を思い出すわと、赤い玉を陽にかざして覗き込んでは、あなたはぼくの目の前でひとしきり泣きました。ガラス玉よりきつく光る涙を流して。

手も心もかわきがちな季節には、分厚い札束を求められ、遠い日のロッカーの奥の道具箱から、ぼくは一組のカードを取り出しました。あなたはその重みにふっと微笑んでから、小さな手でぎこちなくシャッフルすると、一枚一枚ていねいに並べて、恋占いを始めたものです。よく見てよく見て、ピンと張った紙が妖しく透けてくる頃、いよいよ鈴の音《ね》が響くでしょうか。指先に心と力を込めて、ゆっくり札をめくっていきます。

「脈はありそうですか」

「そうねえ。どんなに雨が降ったって、結局、星の運行しだいかしら。私のこと、今も嫌い？」

「ええ。たぶん、もうしばらくは」

ぼくはまだ、どろぼうでいないといけません。そのうちまた、山登りにでも行けるとよいのですが。

虚光

今や希望はありません。絶望が逃げてしまったからです。希望はもともと、高い塀に囲まれて絶望が嫌らしくにやけている暗がりに根を張って育ちます。絶望がにやければにやけるほど、希望は根を張りめぐらせ、絶望の隙を見てはあちこちから芽を出しました。そしてときには、その芽が塀を越える力にもなり得たのです。

絶望が去ったあとは、そそり立つ塀も崩れて、頼りない光が一様に注いでいます。暗がりに馴染んだ希望の根は、伸びるのをやめ、もはや芽吹く気配もありません。希望には、希望がなくなったのでしょうか。希望の出番がないのは、むしろ望ましいことなのでしょうか。

ところで絶望は、今、どこへ？　残念ながら行き先は不明です。ただ、ひどく絶望的な世界に絶望して世界の外へ逃げ出したという話も、一部では聞かれています。

修理

祝宴の折に別れてから、下流の岸で暮らしている。久しぶりに顔を見せたら、とれたての蟹を出してくれた。細長い川が海に注ぐ。悪夢のように、叶わぬ願いのように、繰り返し繰り返し、飽くことなく注ぎ込む。川に倣《なら》って飽くことなく、二人で日暮れまで眺めていた。

「ここは、時間が見える場所」

「いつか止まるのかな」

「たぶん、人が滅んだずっとあとに」

夜はからくり時計の修理。二人がかりで昔話を継ぎ接《は》ぎしても、先の尖った秒針は右回りを拒むだろう。ネジ一本誤れば、目の前の皿も消え失せるのだ。

おそるおそる皿に触れる。冷たく柔らかく、空間を薄く切って佇《たたず》む。皿に触れる。指先の軽い震えを忘れぬうちに、窓を少しだけ開けて寝た。


「朝のおかずを釣ってくる」

書き置きに先を越されて、窓をゆっくりと大きく開ける。時間はわからず、海の風がきりなく入る。からくりはまだ解けない。

片道

初めての山を、友と蜜柑を食べながら歩きました。帰るときに迷わぬよう、皮を落としながら進みました。そもそも道などないのです。食べては皮をちぎりちぎり、友と二人で一袋。ようやく食べ終える頃、小さな崖に着きました。

静かな展望。ぼくはおおいに満足でしたが、友はじっと腕を組んで苦笑い。向こうに大きな崖が見えます。ちらりと顔を見合わせると、どちらからともなく、ぼくらはまた歩きだしました。蜜柑は、もうありません。

四姉妹

妹が駆けだした。姉も負けじと追いかける。丸木橋を渡ると、妹は野原で仰向けに倒れ込んだ。菜の花の黄色のなかで、大の字になって深く息を吸い込む。なめらかな白い頬を西風に晒《さら》している。

「はあ、やっと解放されたわ」

大きく息を吐きながら、天に向かって妹がつぶやく。姉はようやく追いつくと、ペタンと横に座る。

「あんまり無茶しないでよ」

「久しぶりの自由だもの。満喫しなくちゃ。姉さんはこれからが大変ね」

妹はニッと笑うと、パッと体を起こして、橋とは反対の方角に走っていった。

「ちょっと、待ってったら」

姉の言葉を置き去りにして、妹は木々の間に姿を消した。姉は野原に座ったまま、咲き誇る菜の花をぼんやりと見渡す。ひしめく黄色が風にそよいでいる。


「あら、なっちゃん、ひとりなの?」

立ち上がりながら振り返ると、見慣れた買い物かごが目に入った。

「お母さんか。ついさっきまでふーたんと一緒だったんだけど、どこかに行っちゃったわ。まあ別に、半年以上いなくたっていいんだけどさ」

「そういう言い方はよしなさい。でもたしかに、当分いなくてもかまわないわね」

夕暮れが近づいていた。肩を並べて家へと向かう。

「はるよ姉さんは今夜は帰ってくるのかしら」

「さあ。今、あの子は大忙しで、あちこち飛び回っているらしいから。夜桜祭りにも顔を出すそうよ」

「ふーん。私もそろそろ準備しないといけないかな」

やがて、沼のほとりの青い家に着いた。寝室では三女のあきえが熟睡中だ。ここのところ、毎日ほとんど寝てばかりいる。二人は気にせず、夕食の支度を始めた。

秋の便り

猛暑の折はペンも汗ばみ、残暑の日はただ浮き足立って、今こうして、筆を執る秋です。かつての友に、天の恩師に、昨日の自分に、思いのたけを綴るのです。運よく返事をもらえたら、また送ろうと思うのです。

気づいたら、ハガキが一枚足りません。ほほえむ友の顔が多かったのでしょうか。そのかわり、近所で拾った楕円の葉に願いを書いて、小さなポストに入れました。返事は来なくても、届きさえすればよいのです。

裏山の木々が、たいそう立派に色づきました。切手を貼り忘れましたけど。

Ⅲ　生き抜いてこそ

愛はまだ

あふれる輝きに焦《こ》がれたこともある。暮れなずむ浜辺で手を取って踊ったりもした。朝露を突き通す光に震えたのはいつだったか。

太陽への憧れは絶えて久しい。たとえ初夏の風のなかでも、朽ち果てる花があると知った。女にとって、忘れられるのは騙されるより辛い。男との思い出なんて、どうせくだらないことばかりなのに、そのくだらなさに小指を噛まれるのだ。秋の縁《ふち》の方で、遠い痛みを懐かしんでいては、まさか果実が熟れるわけもない。

愛は燃え尽きるほどに尊いとしたら、細い肩先まで灰に埋もれる冬の夜もあるはずだ。埋もれてもちっとも暖かくないのは、冬だからか、夜だからか。灰を掻き分けて燃え残った心を探しているうちに、夜が明けて春になったとしても、むやみに泣いてはいけない。

華やいだ春が色褪せる頃、太陽はついに反復運動をやめた。夕刻には、西の海でひっそりと溺《でき》死する。翌朝には、新たな太陽が東の山からそわそわと昇ってくる。もはや毎日が見納めだ。一度限りのことが、淡々と続いていく。それでもまだ、二人は愛し合えるのか。

告白

ヌーの群れが押し寄せる気配。もう手遅れかもしれない。親はむやみに自信家だから、妹にだけ告げた。くっと目を細めて右耳を立てると、やがて古い塑《そ》像のように首を傾げる。

「まだまだっぽいけどなあ」

両腕の鳥肌をさすりつつ、私は窓の外に目をやった。いまだ何も見えない。窓を開ければ、地響きが聞こえるだろうか。怖くてとても開けられない。木々が揺れる。風が強くなってきたようだ。もう一度、妹に告げる。

彼女は納戸の奥から風鈴を出して、器用に軒先に吊るした。窓越しの金属音、風のふるえ。悦んでいるのか、苦しんでいるのか。息を殺して見守るしかない。

ほどなくして風が去った。鋭い音はやんで、快苦の跡はすっかり消えている。ほっとため息をつくと、群れの気配も消えていた。うれしくてすぐに妹に告げる。

「ヌーくらいなら任せておいてよ」

彼女はそう言って、事もなげに笑うのだった。

幸運

もっと高く飛んでやる。そんな顔して一億年。

古くさい石に翼もろとも磔《はりつけ》にされ、これ以上は古びない始祖の顔。茶店の壁で日暮れまで、やかんの小言を聞いている。

何年かぶりにこの店に寄った。伝統の味よりも、鳥に呼ばれたのだと思う。まばらな客の間にひっそりと腰掛ける。今、肢が動いて見えたのは湯気のせいか。のんびりと最中を食べて、もう一度よく見てみたら、ただの古い石だった。飛び去る前に会えてよかった。若返った顔をどこかで拝めないものか。

恋唄

あの日あなたが羽ばたいたから、私は恋に落ちたのでしょう。風は千年先まで吹きそうで、空はもっともっと深かった。青を滑る白い姿に、永遠が反射して見えたものです。あなたを追って、ずうっと追って、そのまま走りつづけたら、私も飛べていたかもしれない。そう思えば、永遠なんて近いものです。

二足歩行は疲れましたか。手をつなぐのは不自然ですか。私の部屋にはもう、羽根一枚見当たりません。今でもときどき空を見ます。鳥に戻ったあなたをさがして。

本気

たわわなバナナの緑がまぶしい。優雅な爆弾を抱え、午後の室内はひどく静かだ。亜熱帯の空気は重い。乾いて淋しかった唇も潤うが、それすらもどこか淋しいのはなぜか。仕方なく池の睡蓮に手を合わせて、珈琲の木に鼻を寄せる。カフェラッテにはまだまだ遠い。

鳥のさえずりも聞こえないから、巨大な葉のか細い声に耳をすます。鳥たちがふたたび騒ぎだす前に、葉脈に残る幼い日の記憶でも語ってほしい。

出口の近く、触れるなという意固地な姿に手を伸ばさずにはいられない。サボテン群はてのひらで愛でるべきだ。ひやっとする痛みは所詮ままごと。どうせ彼らは本気を出せない。僕もここでは本気になれない。だから、そろそろさよならしよう。一歩外に出れば、心はすぐに乾いていく。

屋根

突風が吹き屋根が飛んだ。蛇と二人きりでいるところを猿たちに見られてしまった。

「もう一緒にはいられないね」

長細い胴体を重たそうにくねらせながら、蛇がつぶやく。女は泣いた。ただただ泣いて、蛇にすがった。

「もう行かなくちゃ」

細い腕の間を不器用にすり抜けると、涙で濡れた体を運び、蛇は狭い戸口から出ていった。

女は立ち上がり、戸口にかけ寄る。蛇は数日ぶりに地面を這いながら、斜向かいの藪を目指す。風が強い。チラリと振り返って、チロリとYの字形の舌を出す。女は無言で、しかし必死に手を振った。蛇は藪の奥へと進んでいく。その姿が木々の間に完全に消えるまで、小さな手は振られつづけた。手が止まると同時に、藪が風でブワッとふくらみ、しばらくゾワゾワと震えていた。

女は、家の中から木を見上げる。いつのまにか猿はいない。葉が何枚か風に散って、畳の上に落ちた。そのうちの一枚を手に取ると、女は力いっぱい握りつぶした。

（こうなったら、高い木々をすべて伐《き》って、丈夫な屋根を造ってやるわ）

決心は固い。

思春期

白身魚。哀しすぎる呼び名。白身魚。なぜ怒らない？白身魚。お前に誇りはないのか。

　ムッチリとした体を偉そうな尻尾が引き締めているエビフライは、二歩下がって眺めても上等なフライに見える。イカフライは小さな切れ端までイカフライで、あの歯応えは夢の中までムニムニだ。

　白身魚のフライ。何者であるかの問いはとっくに伏せられ、そもそも問いがあったのかすらわからない。ランチの折にそんな問いを立てようものなら、まわりから白い目で見られるのがオチだ。白身魚として思春期を送ったわけでもないだろうに、テーブルの隅で白身魚として一生を終えていく。その最期は、同じ魚類でも、アジフライとでは月と泥ほどの差がある。

白身魚。残念ながら、ぼくにお前を救う術はない。ただ、何者かわからぬままムシャムシャと噛み砕き、ぼくの肉体の一部にしてやることがせめてもの供養と思っている。とはいえ、これからぼくは、エビやアジの思春期を生きたいのだ。

手招き

山奥の茶店に招き猫が置かれたのはいつのことか。

「聞くところによると、左手で人を招くらしいね」

初老の男が軒下で串団子を食べている。

「あら、それはずっと昔の話でしょう、お侍さん」

女将が袖で口元を隠す。客は頭を掻いて笑った。

「では、このへんで」

あわてて茶を飲み干すと、刀を携えて男は去った。侍は今を生きたがっている。団子が数本残った。

女将は皿を切り株の上に移すと、風の匂いをかいだ。

「残り物でよければどうぞー」

左手を折り曲げながら大声で叫ぶ。あちこちの茂みがふるえて、日蔭の湿った土が盛り上がる。腹をすかせた者たちが、ゆっくりとやって来るのだった。

夕暮れを待たず、食べ終えた者から順におとなしく帰っていく。猫は相変わらず左手を高く掲げ、女将はその横でまどろんでいる。トンボがどこからか飛んできて、まだ出してある暖簾にポツンととまった。

猿と柿

稲穂が金に燃える秋の日。

あたたかな岩の上で、猿がもらいものの柿を食べている。すると、にわかに顔をしかめた。

「どいつもこいつも、種なしじゃねえか」

これでは蟹に会いに行けない。

猿はたまらず、顔を真っ赤にして崖まで走ると、向かいの絶壁目がけて次々と柿を投げつけた。

「ちくしょう、ちくしょう」

猿の苛立《いら》ちは谷底の岩場で砕けて、虚しく甘い跡を残した。遠い匂いは、猿のもとには届かない。

翌朝、猿のもとに、新米のむすびが届いた。
〝オイシカキ　タックサン　アリガト〟
舌足らずな蟹文字のメモ。返礼品を頬張りながら、しみじみと猿は思った。
（たしかに、うまい柿だったな）

兎と影

時を刻む影。虚ろな意志に促されるように、ゆったりと無言のまま、目印の線をたどっていく。時間はもともと区切られてはいない。細かな時刻への欲求は、狂ったように跳ね回る兎の群れを夢想させる。草地で一緒に跳ねるのは自由だが、そのうち足がもつれてしまうだろう。いったん時間の蔦《つた》にからまったら、振りほどくのは容易ではない。

時間は太陽の落とし子だ。曇りや雨の日も、空の明るみにその気配を漂わす。夜の恋人たちは、もちろん時間なんて気にしない。明日の天気さえどうでもいい。恋などは、いや恋だけが、軽々と時間を超え出ていける。

翌日も晴れ。野原では、日時計が午後の影を這わせている。永遠を千切りにする微々たる歩み。ふと、青緑の藪が揺れて、一羽の茶色の兎が近づいてくる。日時計の手前で耳を立てると、後ろ足で思いきり地面を蹴った。

次の瞬間、兎は日時計の上に。狙いすましていたのだろうか、ちょうど影の上にのった。黒いうめき声が、長い耳に吸い込まれる。絹の裳裾《もすそ》を踏まれたら、姫君はもう歩けない。太陽はその場で宙ぶらりん。すぐに時間も止まった。兎がどくのを待つしかないが、兎が動くための時間は、この世界に残されているのかどうか。

Ⅳ

夜のため人のため

早逃げ

月夜の晩に川原に集う。夏とはいっても、この時分にはよい風が吹く。植物たちが優しい音楽を奏で、水辺の風はぼくらを楽園の入口へと運ぶ。

久しぶりに会えば、若い頃の話なんかで盛り上がる。無謀とは知りつつも、長生きの夢を語るのも悪くない。老いた証じゃないかと皮肉る者がいても、皆でこうして同じ夜を過ごせるのがうれしいのだ。夏の真実は、密やかな暗がりにこそあると信じたい。

流水の美音に紛れて、上流の方から不躾な話し声が聞こえてくる。風流を解さない輩《やから》は直ちに川に落ちてしまえと思う。

「酔っ払いでも来たかな」

「我らの夏は短く燃えて、か。優美なものほど儚いのかもしれないね」

どんどん声が近づいてくる。きっと会いたくない連中に違いない。しかし、もう慣れたものだ。声の主が着くより前に、ぼくらは方々へと散っていった。誰もが、ほのかな光を灯して。

ひとりじめ

日が暮れて夜のとばりが下りたのだけど、どうやら、取り付けが甘かったみたい。ほのほのと風が吹いたら、とばり、飛んでいっちゃった。

私はちょうど夢の改札にさしかかって、だから、ここで目覚めてなるものか。とばりにしがみついて夜を飛んだわよ。意外に薄っぺらくって、けっこうサラサラしていて、母の実家の枕の匂い。これならたぶん、いい夢を見られそう。

できればあなたも誘いたかったのだけど、ごめんね、手がはなせなくて。今宵、闇は私だけのもの。

めぐり

ようやくはちきれるほどに熟れたから、日暮れどき、房のまま宙に放り投げた。粒が空全体に散らばったかと思うと、フウワリフワリ、ゆっくりと上昇していく。やがて、ひとつ残らず琥珀色の奥へと吸い込まれた。

その夜、屋根をたたく音に目を覚ます。あわててベランダに出ると、香り高い雨が降っている。いったん部屋に戻ってから、ふたたびベランダに立つ。雨の中に手を差し入れることしばし。グラスに半分、紫の秋に酔う。

七夜

窓を開けて寝ました。夜中に痒《かゆ》くて目が覚めました。あの羽音、何度聞いたら慣れるでしょうか。

窓を開けて寝ました。焼き芋屋はとっくに路地を抜けたのに、ちょっとだけ匂いました。

窓を開けて寝ました。低い枕が濡れました。すきま風が身を細らせて、すすり泣きに変わる頃。

窓を開けて寝ました。足跡の先に簞笥《たんす》のひきだし。盗られたものは何でしょうか。私は盗られませんでした。

窓を開けて寝ました。船の汽笛を聞いていたら、そのうち波の音もして、部屋が少し揺れました。帆がないから心配です。

窓を開けて寝ました。秋の夜の奥底で、トンボの里に憩《いこ》いました。独りの朝にはヤゴもいません。

窓を閉めて寝ました。朝までぐっすり眠れました。

サイレンと睡蓮

真夜中にサイレンが鳴り響く。

ほら穴から熊、民家から盗人。

あせって飛び出せば、ぶつかるのも仕方ない。互いに目を回して、お詫びの言葉もない。熊は民家に突進し、盗人はほら穴へと逃げこんだ。民家では、サイレンよりも甲高い悲鳴が上がった。

庭の隅の小さな池に、睡蓮の花が咲いている。月明かりにほの白く浮かんで、ここまで白いと、サイレンも悲鳴も寄せつけない。静かな睡蓮。サイレント睡蓮。やかましく野蛮な闇の重みを、大きく清らかな花びらで支えている。

サイレンが鳴りやむと、夜が淡くなってきた。
やがて民家も静まり返る。盗人はまだ出てこない。

祝祭

下の娘にせがまれて、三角形の庭を造った。どっちに向かって歩いても先細りしていて、球技にも菜園にもふさわしくない。それでも、娘はうれしそうに眺めているから、親としては我慢するしかなかった。

ある日の夜更け、私はトイレに行こうと暗い廊下を歩いていた。その夜はなぜか、庭の方が妙に明るい。カーテンを開けると、ピンクや黄色に輝く人々が見えた。やけに長い両腕をプラプラと揺らしながら、踊るように歩いている。七、八人はいただろうか。よく見ると、華やかな色彩のなかを、我が子も踊り歩いている。私は思わず、窓を開けて呼びかけた。

「あっ、お父さん。これ、誕生日のお祝いなんだって。前夜祭ってやつね」

次の瞬間、三角の頂点から頂点へ、音もなく鋭い光線が走った。光が達した頂点に靄《もや》が立ち込め、やがて人の姿が浮かんでくる。鮮やかな黄緑色。ようやく庭の形が理解できた。娘は明日で九歳になる。私はトイレへと急いだ。一刻も早く、踊りの輪に加わりたくて。

風見鶏

とうとう結ばれ、広い石畳を歩いていた。ツバメが巧みに風を描くのを見て、妻は風見鶏を欲しがった。ビルとビルの間に、ぼくらの小さな家はある。資金が少し足りなくて、煉瓦は腰の高さまで。そこから上は、愛で補うしかない。庭は狭いから野の花も遠慮がちで、鶏の放し飼いはとうてい無理だ。愛の象徴は屋根の上にある。たまにはツバメと言葉を交わすかもしれない。

夏が冷めやらぬまま秋が来た。背の高いビルに埋もれていても、ときどき風は吹き抜ける。虫の声が途切れぬ夜更け、妻は庭に出て天を仰いだ。

「こんな時間でも見えるのかい」

「月明かりなんて最高よ」

今夜の風向きも悪くないようだ。

夜汽車

盛り場の熱気を逃れ逃れて、今日はすいていた夜汽車に乗った。それにしても、ずいぶん寂しい野道を進む。ススキの群れがむせび泣くほどだ。突然、低い空にポッと光が舞った。

「今のはホタルか」

「いいえ、あれは星屑」


どれくらい走ったろうか。薄闇のなか、すぐ近くに波音が聞こえてくる。やたらと身を乗りだすから、海に落ちて人魚にでもなる気かとからかうと、窓枠に腰掛けたまま、竪琴みたいな声で唄いだす。海鳴りと同じくらい古めかしい歌だ。

「見て、旗」

歌が途切れて、細い指の先が沖を示す。海はもう黒い気配だけなのに、水平線のあたりに無数の旗が見える。赤も黄も緑も妙にくっきりとして生々しい。星々が明るさを引き継いだ海の果て。浮いたり、沈んだり、三角、四角、不規則なリズムで、夜の裾を飾っている。吉兆だろうか、それとも弔い？

線路は大きく左へカーブ。海をすっぱり置き去りにして、やがて旗も半島の陰に消える。それまで僕は、すがるように旗を目で追い、気づけばぐったりと座席にうずくまっていた。

「今夜は運がよかったわ。あんなに旗を見られて」

いつのまにか窓を閉めて隣りに座り、車体の揺れに慎ましく身をまかせている。

「そろそろ寝ましょう」

目を閉じてゆるやかに腕を組む姿に、夜更けであったことを思い出す。歌のつづきはもう頼めず、旗の理由も聞けそうにない。でも、どうせ、朝になれば夜汽車も消える。幸運な夜なんてそうはないから、暗い野道に帰る前に、深々と眠ってしまおう。

三人家族

暮れゆく太陽に惹かれて娘が家を出たらしい。今夜、西へと向かったのは父で、母は居間のソファに埋もれているんだとか。

イノシシの巣やブナの葉の裏、くまなく捜せど、娘が見当たらなくて父は、枝越しに浮かぶ満月を見つけるなり、ほっとそこいらの岩に腰掛けてみるのだった。

「これくらいの硬さが、腰にはいいかもしれん」

背もたれがなくて、夜の闇に丸くなるその姿は、新鮮なクマみたいに娘には見えた。

「見ーつけた」

藪から棒に藪から声。発見者は森に迷い込んだ娘で、い文句なしの早い者勝ち。

「見つかっちゃったか」

クマはのっそりと立ち上がると、背筋を伸ばして、いつもの古ぼけた男に戻る。

「あんまり遅いとママも心配するわ。帰りましょ」

満月の下、親子は小走りに獣道を抜けて人の道へ。そして、月よりも明るい玄関をくぐって居間へ。

母が、あのソファにいた母がいない。そのかわり、手が、掌《てのひら》がひとつある。指が苦しげにばたついている。

二人は大股で歩み寄ると、娘が掌をつかんだ。

「パパはソファを押さえていて」

押さえる父、引っ張る娘。真夜中の居間に、母が出てくる。誕生の興奮に似て、キラキラと汗ばむ家族。

「ありがとう。危ないところだったわ。うまく座らないと、ソファは沈むわね」

「ママもたまには家を出たらどうよ」

「硬い椅子も意外と悪くないぞ」

三人の夜は、まだまだ終わりそうにない。

ハイビスカス

せせらぎに夕陽が沈みかけて、海と間違えたことを恥じて真っ赤になっている。僕は初恋の人を思い起こす。太陽が海に流れ着く頃には、顔色も落ち着いて、あたりはしっとりと幕を下ろす。闇に残ったのは靴音だけ。それが目の前で止まった。

「久しぶり」

二つの声が重なる。僕らは近くのバーに入ると、カウンターの隅でグラスを合わせた。初恋の人は、いつだって初恋の人だ。シャンパンの泡が弾けて、思い出話にとりどりの花が咲く。彼女はその中からレモン色のハイビスカスを選んで、やわらかな黒髪にピンで留めた。

「夏の海に似合いそうだよ」

波打つ髪に誘われたのかもしれない。僕らはふらりとバーを出て、夜の海へと向かった。

薄暗い浜辺に辿り着いたハイビスカス。

「潮風は心地いいけど、海がよく見えないわ」

「そうだね。あ、ちょっと待って」

僕はポーチから小瓶を取り出すと、黒ずんだ海に飲みかけのシャンパンを注ぎ込んだ。さっきの太陽が、また赤くなってくる。水平線から光が射したら、レモン色がまぶしくて泣けてきた。

V

あふれんばかりの

花びらに誓って

小さな川に寄り添うように、桜が一本立っている。いつからなのかはわからない。でも、この木のおかげで、のっぺりとした流れがぐっと引き締まって見える。

「二十年後に、またここで会おう」

春風の日に桜の下で誓ってから、ちょうどその年が過ぎた。十年は平凡だからといって、大胆に決めた覚えがある。そろそろ約束の時間だ。

あれからずっと、指を折るかわりにそっと花びらを舞わせて、桜は年月を数えてきたのだろう。そしてその花びらに、道行く人は時のうつろいを見てきたはずだ。花吹雪なんて洒落て呼んでも、いわば花の臨終の刻《とき》。一枚一枚、手を合わせて見送りたくもなる。

二十年経って、私は老いた。あちらの角を曲がれば絶景が見えそうでも、手前の景色をぼんやり眺めてばかりいる。速いテンポや激しいリズムは、すっかり縁遠くなった。一年ならろくに変化を感じないのに、いつのまに老いのかけらを掻き集めてしまうのか。もしも時間を行き来して境目を探せたら、密かに刻まれた年輪が見つかるかもしれない。

私だけではなく、桜も老いた。太ったのか、痩せたのか。桜に問えば、ご覧の通りと言いたげだ。幹に触れると貫禄が増したように感じるけれど、前からこんなふうだった気もする。せっかくだから、手鏡で自分の顔と見比べて、ともに小皺が増えた事実を伝えようか。

それでも互いに生き延びてきたことは、素直に誇っていいと思う。二十年の日々は、一日欠けても今日に辿り着かない。せっせと生きつづけた毎日を、この再会を機に噛みしめてみる。なかなかに香ばしい。久々に見上げる桜は、私を覚えているだろうか。覚えていないと決めつけるのは、あまりにも軽率だ。約束の日に、こうして無数の花びらで迎えてくれている。


そよ風に両手を差しのべたら、ハラハラと舞い散る薄紅色の向こうに、大きく手を振る姿が見えた。

「ごめんね、待たせちゃって」

明るく叫びながら、その人は足早に近づいて来る。

二十年ぶりの桜の下。やっと、ここで、会えた。古い誓いの言葉も、ほっとしたに違いない。

「さすがに二十年は長かったな。次は二年後くらいにまた来ようか」

夫はふわりと私の手を取ると、花びらが流れる方へと颯爽と歩きだした。

そらみみ

昼間の暑気《しょき》をやり過ごしたら、夕刻にひとり、縁日へと出かける。神社が派手に粧《めか》し込む、七月末の土曜日のことだ。死に物狂いの蟬の声は、たぶん百年前と変わらないのだろう。

焼きそばのソースの匂いにときおり咽《むせ》そうになりながら、容赦ない賑わいを振り払いつつ、黙々と境内をそぞろ歩く。りんご飴は残酷なほどに赤く、射的場の子どもはいつになく真剣だ。面を買って喜んだ日は遠い。

〈ワタシヲツレテカエッテ〉

声？　思わずあたりを見回した。それらしい人はいない。空耳だろうか。蟬たちの大音量の隙間に耳を澄ましてみても、意味のある言葉など拾えやしない。

〈ワタシヲ　ツレテ　カエッテ〉

もう一度、同じ声が聞こえた。さっきよりもくっきりと。しかし、声の主らしき女性は、やはり見えない。


気がつけば、私は金魚すくいの屋台の前にいた。

丸い木桶の中を、何匹もの金魚が泳いでいる。斜め上から覗き込むと、一瞬、真っ赤な一匹と目が合った。まさか。そう思っただけかもしれない。それでもなぜか離れがたく、つくづくその泳ぐ様を眺めた。

金魚は左回りに楕円を描くように泳ぎ、目の前に来ると、体をくいっとくねらせて、また遠のく。私は知らず知らず、素早くくねる赤い体に見入っていた。四度遠のくのを見届けたら、あとはもう、数百円を注《つ》ぎ込んで、そいつをすくうしかなかったのだ。

その夜は盥《たらい》で我慢した。そして、我慢してもらった。

翌日、薄いガラス製の大きめの金魚鉢や新鮮な水草を買い揃えて、独身のアパート暮らしにはおよそ似合わぬ世界を拵《こしら》えた。白い小石は狭い部屋にきらめきを添え、微かな音に運ばれる空気は、絶えず水と対話している。餌はもちろん、素材で選んだ。

金魚はあれからおとなしい。楕円の軌道も忘れたらしく、たいてい、あぶくの周りを漂っている。あるいは、思慮深そうにじっとしている。私には、これ以上することはない。金魚相手では、言葉や芸を教える気も起きない。草の緑に金魚の赤。なんとも雅な世界ではないか。せいぜい静かに暮らしていければ上出来だろう。


やけに寝苦しい夜だった。月曜日に向かう気だるさもあったかもしれない。なんとかして寝付かねばと念じる仰向けの時間は辛い。

眠っているのか起きているのかわからぬまま、目が覚めたのは真夜中過ぎ。どうやら少しは眠れたようだ。窓の方を見上げれば、レースのカーテンはまだ黒い。もうひと眠りしないといけない。

〈アリガトウ〉

小さな声がした。聞き覚えのある声だった。電灯を付けて金魚鉢を見る。金魚はひたすら赤く、思慮深い静止の時だ。空耳か、夢の奥から響いた声か。吟味する暇があったら眠りたい。もうこの際、誰かの感謝の気持ちを遠慮なく受け取って、気分よく月曜日の朝を迎えようと思う。灯りを消して、夜の続きを堪能しよう。


カーテンの色に朝の到来を知る。いつものことだ。

「ありがとう」

いつものではない声がした。気泡が頬の横を通る。

「おはよう。やっとおしゃべりできるわね」

声がはっきり聞こえるから、答えざるを得ない。

「お、おはよう。君は、あの金魚？」

「ええ、あなたに連れて帰ってもらった金魚。期待を込めて声をかけてよかったわ。ありがとう」

話の中身はおかしくはない。ただ、話をできるのがおかしいいか。いや、もっと、ずっと、何かがおかしい。


「朝は、水草の緑がいちだんときれい。あなたも近くでご覧なさいな」

その言葉に促されて、私は草の群れに迫った。それと同時に、水の中を進む不思議さを思った。

「泳ぎがうまいわ。この調子なら、いっしょに暮らすのに支障はなさそうね」

彼女が近づいてきて、しばらく並んで泳いだ。木桶にはない透明な広がりを、特に気に入っているらしい。私にも異存はない。やたらとおかしくても、私たち二人の世界なのだ。カーテンがしだいに明るさを増してきた。

電話が鳴り、呼び鈴が鳴り、ドアノブを手荒くいじる音がする。外では誰かが、私の名前を呼んでいる。どれも空耳ではなさそうだ。出社時刻はとうに過ぎている。しかし、今の私は、彼女と泳ぐことに忙しい。

ツクツクボウシ

陽射しあふれる朝の並木通りに、セミの鳴き声がステレオで響く。予想最高気温は二十二度。木蔭を歩けばじんわり汗をかく程度だろうか。スーパーマーケットの果物売り場では、スイカとブドウがかなりの面積を占めている。八月一日の珍しくない光景だ。


十時頃、局長室の内線電話が鳴った。

「こちら、青果班です。すみません。私どもの確認漏れで、ナシの数量を多めに設定してしまいました」

「またしくじったのか。つい三日前、イチゴで危ない思いをしたばかりなのに。ナシはまだ出始めだから、数量を控えめにしておかないと、価格が下がって農家に損害をもたらすぞ。くれぐれも注意してくれたまえ」

局長は受話器を置くと、キーボードを叩いて、部屋の壁に設置した大画面にナシの数量変化のグラフを映し出した。市場への影響はほぼなさそうに思えたが、念のため局内放送用のマイクに向かう。

「局員のみなさん、今日から八月に入ります。改めて確認しておくと、私たち季節管理局の仕事は、自然現象を制御し、快適さを前提として、四季全般を適度に管理することです。気象も動植物も、各時期にふさわしく調整して、本国の人々が心地よく暮らせるよう、職務に励んでください。今朝は、ナシの数量ミスについて連絡を受けました。これをひとつの教訓として、全員が気を引き締めていきましょう」

季節管理局は、仕事の性質上、場所やメンバーはもちろん、その存在すらも人々に知られることなく活動しつづけている。それにしても最近はミスが絶えない。真夏で気持ちが浮ついているのだろうか。局長は椅子に深く腰掛けると、ここ数日の記録を見返した。

「七月二十九日、イチジクと間違えてイチゴを旬の果物として設定しかける（五十音順一覧表で、一列ずらして登録していた）。しかし直前に気づいて修正し、大事には至らず。七月三十日、アキアカネを一部の平地に大量発生させる（場所の項目を山地に切り替えそびれた）。七月三十一日、一部地域のノウサギの体毛を冬毛で設定する（夏毛を選んで登録していたが、それは削除すべき項目としてであった）」

連日こんな調子だ。実にけしからん。夏の暑さのせいなのか。たるんでいるとしか思えない。局長の苛立ちが部屋に満ちてきた頃、ふたたび内線電話が鳴った。

「局長、こちら昆虫班です。セミのことで、若手局員が勘違いをしてしまいました。私がセミの数量設定を頼んだとき、アブラゼミとミンミンゼミのつもりで伝えたのですが、彼はアブラゼミとツクツクボウシで設定してしまったのです。申し訳ございません」

「困るなあ。例年、ツクツクボウシは、早くても八月中旬以降が盛りじゃないか。人々の生活に支障はないと思うが、そういうちょっとしたミスが季節のイメージを乱しかねないのだよ。さっきの放送で話したことが、まったく生かされていないね。二日前のトンボのミスも含めて、昆虫班全体で、再発防止に努めてもらいたい」

ナシの次はセミか。いくら忠告しても、細かなミスはなくならない。いやむしろ、これくらいは仕方がないのだろうか。苛立ちの氷がにわかに溶け出すと、虚しさの水となって胸をひたしていく。

ふと時計を見ると、正午に近い。局長は、椅子に座ったままため息をついた。ランチが喉を通るときまでに、胸の中の水が引いてくれているとよいのだが。

「ジリリリリリ……」

非常警報。局内の誰もが初めて耳にする音だ。局長は椅子から躍り上がると、大画面で各班のようすを探る。虚しさの水は、一瞬で焦りの蒸気に変わった。

まもなく、局内放送が流れ始める。

「……こちら、気象班……です。装置が……、いかれてしまったようです。あー。みなさん、本国の映像をご覧ください。あー……、こんな、まさか……」

局長は、気象班に問い質すよりも先に、大画面に目を走らせた。南の孤島から最北端の岬までを一気に辿る。どの画面でも、空から白いものが落ちてきているではないか。しかも大量に。

八月一日、昼、本国の天気、大雪。気温は氷点下を示す。なんたることだ。装置の誤作動の結果であったとしても、季節管理局としてはとんでもない失態だ。

何を、何から、したらよいのか。壊れかけたゼンマイロボットのように、局長は室内を行ったり来たり。やがて自らの鼓動に我に返ると、勢いよく受話器を取った。

「おい、気象班、なぜこんなことになったのだ」

「は、はい、それがわからないから、雪は今も降りやまないのでありまして……」

「屁理屈はよせ！　なんとかならないのか」


そうこうしている間にも、雪はどんどん降り積もっていく。昼食休憩どころではない。局内では、トラブルの原因究明の調査と並行して、緊急会議が開かれた。装置の修復作業は困難を極め、数々の試みはそのつど打ち砕かれる。局長と各班の幹部たちによる議論は何度も宙をさまよい、ようやく着地したのは、夜の十一時過ぎ。

「この会議の結論は、私の口から、局内放送で、みんなに伝えることにしたい」

　重い沈黙のあとで、局長は噛みしめるように呟くと、自室に戻り、使い慣れたマイクをじっと見つめた。そして、大きく深呼吸してから、ゆったりと話し始める。

「局員のみなさん、このたび、気象班の装置が異常をきたし、今も大雪が降りつづいています。原因ははっきりしませんが、細かな設定ミスが重なったことによって、季節を正しく感知する機能に狂いが生じ、天気が制御不能になったのではないかと推測しています。

　とにかく、私たちが真夏の大雪を放っておくわけにはいきません。昼前から装置の修復に努めましたが、結局直せませんでした。これから私は、降雪を終わらせるための唯一の策を実行に移します。当局のおおもとのスイッチを切るのです。手段はもうそれしかありません。おおもとですから、他の班も含め、あらゆる装置の機能が停止します。このスイッチは、一度切ったら二度と元には戻せません。つまり、自然現象のすべてを、そっくり自然界に還すのです。どうかご理解ください。

これまで、本国の人々のために、そして季節管理局のために、本当にありがとう。これからのことは、改めて考えましょう」

ひと通り語り終えると、局長はマイクから離れた。この着地は不時着なのかもしれないが、もはや焦りの蒸気も彼の行く手を遮りはしない。力強くドアを開けて部屋を出ると、確かな足取りで設備室へと向かった。


午後のティータイムを楽しもうと、婦人たちが遊歩道を歩いていく。セミは屋外ライブの真っ最中だ。

「昨日の雪は夜中まで降っていたみたいね。この時期の積雪は、観測史上初めてらしいわ」

「それなのに今日は、気温が三十五度を超えているんだから、もう無茶苦茶よ。でも、こんなふうに暑くなってみると、大雪さえも恋しいものね」

　積もった雪は太陽熱ですっかり溶けて、いくつかの水たまりにその跡をとどめているに過ぎない。

「そういえば昨日、雪が降り出す少し前に、ツクツクボウシの鳴き声を聞いたわ」

「え？　空耳じゃないの。まだ八月になったばかりよ。ほら、今だって、ミンミンゼミとアブラゼミの鳴き声しか聞こえないじゃない」

「今はそうだけど、あんなに特徴のある声を聞き間違えたりするかしら。別にどっちでもいいけどさ」

　二人はパン屋の手前を左へ曲がると、行きつけの喫茶店に入っていった。

　通りの並木はプラタナス。その幹のずっと上の方に、昨日現れたツクツクボウシが数匹とまっている。しかし今日は、朝からちっとも鳴く気配がない。

森の小径

〈あるところに、誰も知らない森がありました。〉

胸躍る物語の幕開け。生い茂る巨木の下で、絶滅したはずの珍獣が駆け回っているかもしれない。岩と岩の間から湧き出る水の冷たさはどうだろう。冷え冷えならば清らかだし、熱々ならば温泉を夢見たい。

いや、ちょっと待て。「誰も知らない森」なのに、なぜ「ありました」と断言できるのか。本当に誰も知らなければ、その存在については否定も肯定もできないに違いない。あるいは、語り手だけが知っているとでもいうのか。「世の人々は知らない森だけれど、実は自分だけは知っている」ということを誇示したいとしたら、なんと浅ましい語り手だろう。早くも先を読む気が失せる。ただし、焦がれる人が目を細めて、「あなたの知らない私を」などと囁いたなら、正気が失せても許してほしい。

気を取り直して、いくらか言い換えてみよう。
〈あるところに、あまり多くの人に知られていない森がありました。〉

なかなか慎重な語り口で、誤解は少なそうだ。けれどもこれでは、単に知名度を説いたに過ぎず、「誰も知らない森」のパンチ力には到底およぶまい。せいぜい、ありふれた藪に子狸が潜んでいる程度の物語だろう。とはいえ、子狸のパンチでカンガルーを倒せるか、リングサイドで見守るのもたまには悪くない。

ここでガラリと気分を変えて、語り手をゴリラと想定してみよう。すると、「誰も知らない森」は、「人には知られていない森」と解釈できるかもしれない。実際、この世に人類未踏の地があってもおかしくはない。きのう通った道だって、ろくに覚えていなかったりする。

ただ、語り手がゴリラであるなら、そのときの「誰」の中身は、人ではなくゴリラ（を含む獣たち）と解する方が自然だろう。読者である人は、すっかり置いてきぼりを食わされる。硬い木彫りの置き物なんて食いたくもないのに。

私はことさらに、「誰も知らない森」という表現にケチをつけているのではない。むしろ逆で、その言葉の奥ゆかしさを尊び、なんとかして救う道を探したいのだ。もしかしたら、あまりに奥ゆかしすぎて、底が抜けていないとも限らない。そんな場合、馬は通るのだろうか。

思考が煮詰まったときは、軽く体を動かすに限る。

今日はよく晴れたから、少し足を延ばして、誰も知らない森の小径でも歩くとしよう。さあ、果たしてどんな珍獣と出会えるか。もちろん、空っぽの水筒を持っていくつもりだ。

貝拾い

青年がひとり、自転車で浜通りを走っていく。夕刊の配達を終えたところだ。

少女が波打ち際を歩いている。ときどき腰をかがめたり、しゃがみこんだり。青年は自転車を止めて、通りからそのようすを眺めた。

最近引っ越してきた子だろうか。小さな村だから、たいていの住人のことは知っているつもりだが、遠目ではどこの家の子かわからない。

視線に感づいたのか、少女はおもむろに上体を起こして、青年の方に近づいて来る。彼も階段を下って浜辺に降りた。

「こんな貝が拾えたわ」

両手で包むようにして、少女は三つの貝を青年に示した。大きな茶色の貝が一つ、小さな桃色の貝が二つ。

「きれいな貝だね。今日はもう暗くなるから、気をつけて家に帰るんだよ」

やはり見覚えのない子だった。

年は十五歳くらいか。おさげ髪には幼さを留めているが、顔立ちは、涼やかでありながら古代の神像のように彫りが深い。少女が微笑むと、その鮮烈さに、青年は思わず目を逸らした。

少女は貝を大事そうにポケットに入れると、すっとその場を離れ、階段を駆け上がって姿を消した。


あくる日、この村に三人の死者が出た。

一人はベテランの漁師。ふだん通りに早朝の漁に出かけ、船が転覆して溺死した。祖父の代からずっと、海釣り一筋の男だった。おおらかで気前がよく、釣れた魚を青年に分けてくれることもあった。

あとの二人は小学生の姉妹。浜辺近くの一軒家が夜中に火災に見舞われ、逃げ遅れて死んだ。新聞を抱えた青年を見かけると、「今日のビッグニュースはなーに?」とはしゃぐ子たちだった。親しい人を亡くした悲しみは、彼の胸にのしかかる重石となった。

その日の夕暮れどき。カラスの群れが蜜柑色の太陽の前を横切ると、黒さが一段と際立って見える。

仕事帰りに、青年はふたたび同じ場所で、あの少女を見つけた。風貌は相変わらずで、念入りに研がれた工芸品のようだ。今度は彼の方から声をかけた。

「今日拾ったのはこれだけ。大きな桃色の貝と、小さな茶色の貝が一つずつ」

桃色と茶色。少女の報告は、昨日と大差ないように思われた。青年はこの日も、帰宅時の注意を促して少女を見送った。背中がだんだん小さくなっていく。

（明日も貝を拾いに来るのかな。また会えるだろうか。これっきりだとしたら、なんだか淋しい気もする。どのあたりに住んでいるのか、確かめておこうか）

少女との距離を保ちながら、青年は自転車であとを追った。狭い路地を何度も曲がりながら、少女は進んでいく。彼女が次の角を曲がるのを見届けてから、青年は静かにペダルをこいだ。すぐに同じ角を曲がる。

（あれ？　ここからは一本道で近くに家もないから、前方にあの子のうしろ姿が見えるはずなのに……）

青年は少女を見失ってしまった。そのとき、カラスの鳴き声が嘲笑のように響いた。


あくる日、この村に二人の死者が出た。

一人は年配の女性。病気もちではなかったが、夜明け頃に突然発作を起こして、昼過ぎに息を引き取った。もう一人は男子中学生。学校帰りに友人と木登りをして遊んでいて、誤って転落して頭を強く打って死んだ。

夕刊を刷り上げたばかりの新聞屋に、二件の訃報が舞い込む。青年は冷や汗が止まらない。茶色の貝と桃色の貝。大きな貝と小さな貝。男と女、大人と子ども。胸の重石がにわかに重みを増した。

とにかく少女に会わねばならない。これらの奇妙な一致について、他の人に詳しく語っている余裕は彼にはなかった。大急ぎで夕刊を配り終えると、自転車を浜辺へと飛ばした。

いた。時間はちょうど夕刻、場所は波打ち際。あの少女に違いない。青年は通りの脇にガタリと自転車を乗り捨てると、少女のもとに駆け寄った。

「今日拾ったのは、小さな茶色の貝が二つ」

少女は右の手のひらに貝をのせ、いつもの調子で彼に示した。青年は二つの貝を凝視した。小さい、茶色、二つ。小さい、男、二人。今は彼女に見惚れている場合ではない。

ほんの一瞬か、数秒が過ぎたのか、自分でもわからなかった。少女の手から目の前の貝を奪い取ると、青年は海に向かって力いっぱい投げた。

「貝はね、海に、海の中に、そっとしておいてあげようよ。それがきっと、貝にとって、村のみんなにとって、いいことなんだよ」

水中に酸素が足りなくて金魚が水面であえぐように、青年は必死に言葉を連ねた。そして、少女を見つめたまま、肩で荒々しく息をしていた。

少女は、醒《さ》めた目で青年をにらみつける。

「ひどいわ。せっかく私が拾った貝なのに」

非難の言葉を浴びせると、そのまま走り去った。青年には、もはや追いかける気力すらなく、その場にひざから崩れ落ちた。それからしばらく、四つん這いの姿勢で金魚のごとくあえいでいた。

あくる日、この村にまたしても死者が出た。

死んだのは二人の男の子、ではない。あの青年だ。自宅の寝室で死んでいた。新聞屋の同僚が、朝刊の配達に来ない青年を訪ねてきて発見した。遺体に目立つ外傷や着衣の乱れはなく、部屋には争った形跡もなかったが、枕元に貝が転がっていたという。やや大きな茶色の貝が一つだけ。

村人たちは、住人の死が続いていることを憂えたが、気をつけて行動しようと声をかけ合うくらいしか手立てがなかった。

あくる日、この村に死者は出なかった。

岬を挟んだ隣の村にも、静かな海が広がっている。

青年がひとり、バイクで浜通りを走っていく。珍しく手紙や小包が多く、配達が夕方までかかってしまった。

少女が波打ち際を歩いている。ときどき腰をかがめたり、しゃがみこんだり。青年はバイクを止めて、通りからそのようすを眺めた。遠目ではよく見えないが、おさげ髪が風に揺れているのがわかる。

視線に感づいたのか、少女はおもむろに上体を起こして、青年の方に近づいて来る。彼も階段を下って浜辺に降りた。

遠い地鳴り

のどかに色づく山並みが、灼熱の日々を墨絵のように遠ざける頃、麓の村では乾いた風が吹き惑う。午後の水辺には無数の赤トンボが飛び交い、子どもたちが次々と生み出す尖った飛沫《しぶき》との交錯を繰り返す。

年に一度、山から大玉が転げてきたのは、こんな日のことだ。風の隙間にかすかな地鳴りを感じたら、誰もが耳をそばだてて、山の蠢《うごめ》きを肉眼でとらえようとする。子どもたちは足音を忍ばせて、我先に道の辺の草地に身を屈《かが》める。じっと構えて高める集中力。悠然と動き回るのはトンボばかりだ。

ドドド、ドドドド……。分厚い音を響かせながら、ギラリと大玉が現れる。小豆色というのか、いや紅紫か。回転体の面《おもて》に絶えず光がすべり、色は放浪をやめない。その昔、自分の背丈より大きな玉を止めてやろうと、立ちはだかった男もいた。ぶつかる直前に宙に跳ねたが、その刹那、熟れた石榴《ざくろ》のような匂いをかいだことを、彼は長らく誇っていた。

それぞれの村人の目の前を、そして胸の内を、大玉は厳かに、勢いよく転がっていく。トンボが競って天高く舞うなか、村の本通りを突き進む玉を、子どもたちは息をひそめて見送るのだ。轟音《ごうおん》が去ったあと、そこには、今年も大玉を見たという確かな思い出だけが残される。

山から続くこの通りは、やがて海へと辿りつく。けれども、大玉が海へと落ちるさまを見届けた者はいない。必死に追いかけてもすぐに引き離され、たまたま浜辺にいた者には、鈍い低音だけを伝えて、ついに姿を見せなかった。ある年の秋、途中で大玉を見失いながらも、しぶとく海まで追った女が目にしたのは、折しも海に溶けるのを拒もうとあがく一個の夕陽だったという。

大玉はもう、この村にやってこない。人々が地鳴りのない秋を数えて、優に半世紀が過ぎた。

はじめは、自分だけが見逃したのではないかと疑う者も多かった。私はその日は町に出ていた、僕はこの日は風邪で寝ていた……。お互いに語り合えば、秋の暦は静かな疑いの日で埋め尽くされた。

地鳴りのない秋の午後。そうだとすれば、たとえば真夜中に、ひっそりと転がった可能性はないか。想像するのは自由だが、夜長の寝床で無音の大玉を夢に見たら、巨大な石榴にうなされても文句は言えない。

枯れ木の調査で山に分け入った者は、大玉の気配を探ろうとした。ひょっとして岩にでも引っ掛かっていやしないかと、藪の奥まで調べてみる。見つかったのは小玉の西瓜。夏の名残がうっかりしゃしゃり出ぬよう、思いっきり蔦に絡めてから山を下りた。

五年もすれば、石榴も西瓜も色褪せる。大玉の響かぬ秋を夏と冬の間に虚しく横たえたまま、木枯らしが足早に季節を運んでいった。

時を経るほどにあの地鳴りを懐かしむのは、かつての子どもたちだ。草地からいくたびか見た怒濤の光景を、忘れようはずもない。そうして、子や孫の世代への伝承も一時試みられたが、それはやがて潰《つい》えた。血が通った熱い記憶を、やわなお伽話にはできなかったのだ。

山と海とを結ぶ道は今もあって、草地も以前とそう変わらないが、最近はトンボがめっきり減ってしまった。今日の夕陽は、おとなしく水平線へと帰るだろう。

金木犀の朝

　通勤の途中で、水を飲みに公園に寄った。ふと砂場に目をやると、誰がいつ作ったのか、小高い山がある。懐かしいなあ。幼い日、砂山を掘るときの、ひんやりと湿った感触にドキドキしたものだ。こっち側から少しずつ掘っていって……、もうちょっとで抜けるかな。金木犀の強い匂いが鼻をつき、軽い眩暈《めまい》がした。


　私の指先を潮風がくすぐる頃には、野山はすっかり紅く色づき、麓の村では祝いの酒が酌み交わされる。

「今度の汽車は、自転車より速いそうじゃないか」

　村の誰もが興奮気味にまくしたてる。村人の頬が赤らんでいるのは、酔いのせいばかりではないようだ。

そこに、ウェスタン・ドアを開くように現れた汽車。人垣に紛れていた私は、いつしか魅入られ、気がつけば車内に招かれ、汽車は浜辺の風景を容赦なくめくっていく。そのあまりの速さに、村で一番グラマラスなサーファーも、そろそろ古稀を迎えつつある。逆巻く波。買いたての洗濯機ほどに白いビキニがきらめく。

「知っているかい、兄ちゃん」

右隣に座った金髪に甘い声で囁かれ、私は思わず肩をすくめた。

「俺たちの組織がつかんだ情報によると、次の汽車はパンダより遅いらしいぜ」

目を白黒させて突っ走るパンダを見てみたいものだ。

私が乗った三号車の車体は竹の端材で組んである。乗り心地はちょうど口車と同じくらいか。ちなみに、二号車の乾いた壁には川の香りのするカワウソの皮が掛けられ、五号車は純銀製だが資金不足で屋根がない。

汽車がトンネルに入った。一瞬、爆音がこだましたかと思うと、あたりは見合いの席のようにぎこちなく静まり返る。（あのー、ご趣味は……。え、あ、ピアノを読んだり、本を弾いたり……。本の響きはいかがですか？）竹のきしむ音がキシキシと聞こえる。トンネルの中は魔的な漆黒の闇に包まれ、と低いトーンで語り始めようとした矢先、出口から光が差し込んできて、熱弁をふるう絶好のチャンスを逸《いっ》してしまった。

トンネルを出る。竹をずらして眺める紅、黄、その他そんな感じの色たち。気分はすっかり紅葉狩り。だったのだけれど急停車。踏切、イノシシ、いや電池切れ？

一昔前の歌謡曲をバックに車内放送が流れる。四号車がトンネルを出かかったときに、山もろともトンネルが崩れ落ちたそうだ。一体、どれほどの死者が？　怪我人は助かるのか。放送は続く。

「でもさあ、空洞がつぶれてなくなるなんてのは自然なことでしょう。自分の命は自分で守る。やっぱりこれが基本だよねえ。グッド・ラック！」

私は自分の遅刻だけを心配することにした。


まもなく三号車と四号車の間で切り離されて、汽車はふたたび走り出す。まるで根と茎を切り取ったダイコンのように軽やかだ。軽いボールは水に浮く。軽い汽車なら宙に浮く。私を乗せたダイコンの葉は、夢もロマンもなくそそくさと秋の空へと飛び立った。

眼下でくすぶるのは、腰くだけの四号車。色づいた山にはサッカーボールがめり込み、私は屋根のない銀の箱の無念を思う。狭い入り江では、今、古稀のサーファーが穏やかな波に呑まれた。

穴が消え失せたトンネルの手前には、パンダよりも遅い汽車が、売れ残りの腸詰のごとく鎮座している。運転再開に先立って、この汽車が苔むす丘になり果てたら、きっと弁当を持って遊びに来よう。

「あなたはどこまで行くの？」

向いの席の群青の制服が尋ねてきた。悪夢にも出てきそうな見飽きた色だ。

「君と同じ高校までかな」

「あれ、数学の先生だっけ」

「惜しい。美術の担当だよ」

「思い出したわ。美大生だった頃、古代の壁画にＵＦＯの絵を描き加えたって自慢げに話していたよね」

「ああ、あれは私の隠れた偉業のひとつだから」

秋の風に吹かれるままに、汽車は学校の方角へと漂っていく。やがて、トラの額ほどの校庭が見えてきた。頼みの蝙蝠傘は骨が二本折れている。私の心も折れそうになる。それでも前に進むのが大人の務め。彼女はこれから、離れ小島に開店したディスコで踊り狂うつもりだという。どうりで空路を選んだわけか。竹の隙間から小さく手を振って、身を投げる私を見送ってくれた。まさに生徒の鑑《かがみ》だ。

落下地点は屋上庭園。傘の骨はすべて折れたが、二本の脚が折れなくて何よりと思う。ここはこの春、校舎の避雷工事のついでに、生徒たちに内緒で造った楽園だ。金木犀の強い匂いが鼻をつき、軽い眩暈がした。始業のチャイムが鳴り響く。煉瓦を敷いたテラスでは、校長と用務員がワイングラスを片手に碁を打っている。二人は激務に追われるといつもこうだ。

非常階段の手すりを華麗に滑り下りると、私は美術室に入った。まずまずの通学日和なのに、やたらと空席が目立つ。過半数の生徒がディスコに行ったらしい。ずいぶん甘くみられたものだ。自分も彼女についていけばよかった。

今日の授業のテーマは、精緻な贋《がん》作の作り方だ。手本とするのは、三日前に隣町の古民家から借りてきた絵巻物。国宝級の逸品であることは一目でわかる。私はそれを、砂まみれの手で無造作に広げた。

はるかな道

業界大手のドンピシャ出版が哺乳類図鑑を出すことになり、表紙モデルをモグラに依頼した。独特の風貌だけでなく、身近にいてもめったに見かけない神秘性が強みだろうと期待された。ゾウやコアラはありきたりで、今やよい子も悪い子も寄りつかない。

今日は初回の打ち合わせのため、モグラが編集室に招かれた。軽い挨拶のあとで、すぐに撮影日が決まる。その帰り道、天にも昇る気持ちで地中を進む。ひと掘り、ふた掘り、夢心地。どんなポーズにしようかな。シャベルの形の前足が、ただそわそわと動いている。

ベチュ。ああ、言わんこっちゃない。

「痛いじゃねえか！」

暗がりで叫んだのは、熟睡していたヒキガエルだ。額に玉の汗を浮かべつつ、モグラはぶつかった理由を包み隠さずに話して詫びた。ただでさえ気難しいヒキガエルが、急な目覚めに苛立っている。重低音で唸《うな》った。

「裏表紙には、俺を載せろ」

「え、でも、あなたは両生類では……」

「かたいことを言うな。裏表紙なら、たいして目立ちはしないさ」


モグラは青くなって編集室まで引き返す。緊急会議がもたれ、モグラの採用はいったん保留になった。その帰り道、束の間の喜びを忘れようと、ひたすら海を目指して土を掘る。やがて砂浜の気配を感じて、ひょっこりと顔を出す。やわらかな潮風と打ち寄せる波の音が、ほろ苦い涙を誘う。

「やあ、モグラさん。先日はどうも」

風上から、散歩中のウミガメが声をかけてきた。三日前、モグラがはるばる野原からやってきて、浜辺で所在不明になっていた卵を見つけてくれたのだ。泣き濡れる青い顔は、カメの足を止まらせた。モグラは挨拶を返さない。カメはどっかりと腰を下ろす。独り言のように語り始めるモグラに、潮風は吹きつづける。

「そうでしたか。卵のお礼に、掛け合ってみましょう」

風のなかを這って、カメはカエルに会いに行った。


前足をばたつかせて、カメは言葉に力を込める。しかしカエルにしても、世に出るための稀なチャンスだ。そう簡単には引き下がれない。そこは君にふさわしい場所だろうか、とカメ。どこだって目にとまればこっちのもんだ、とカエル。沈黙。では、裏表紙のかわりに帯でどうか。両者の対話はようやく着地点を見出した。

カメからの報せを受けて、モグラは鼻をヒクヒクさせる。そのときカメが、小声でぽつり。

「帯なら、私も載せてもらおうかな」

「え、あなたは爬虫類ですよね」

「それはそうですけど、ヘビなんかとは違って四本足だから、イヌやネコと似たようなものでしょう」


モグラはふたたび編集室へと急いだ。表紙はモグラ、帯にウミガメとヒキガエル。まだ青い顔で、精一杯の代案を提示した。

「何なんだよ、この哺乳類図鑑は」

と謗《そし》られても仕方ないか。カメの気遣いに報いたいのは山々でも、さすがにこれでは……。栄《は》えある社名を穢《けが》すわけにはいかない。編集長は力なく腕を組んで、窓の外に目を向けた。

音もなく、一羽のスズメが行き過ぎる。鳥、か。次の一羽は、悩める頭の中も過ぎる。鳥だ！　カメラを持って窓辺にかけ寄ると、ガッと窓を開け、彼はあわてて何度かシャッターを切った。

ほどなくして、哺乳類図鑑が刊行された。表紙には、あのモグラの大きな笑顔。黄色い帯には、左から順に、フナ、ヒキガエル、ウミガメ、スズメが並ぶ。とってきの謳《うた》い文句は、〈哺乳類へのはるかな道〉だ。フナは編集室で飼っているペットで間に合わせた。

本書は、哺乳類の仲間を網羅した充実の内容に加え、脊椎《せきつい》動物全体の広がりを感じさせる帯もついて、編集長も満足の仕上がりになった。裏表紙には、彼のうしろ姿がさりげなく載っている。

カレンダー

ここ数日、めっきり冷え込みが厳しくなってきた。特に朝はきついね。ベッドから出るのも一苦労だ。けれどもももちろん、出ないわけにはいかない。この日の朝も、一周遅れの走者に声援を送るように、自分を励ましながらなんとか抜け出ると、パンを食べて制服に着替えて、学校に行く準備をした。

早いもので、十二月も半ばを過ぎた。居間の壁に掛けてある月めくりのカレンダーを眺める。今年も残りわずかだ。あれ？　あのカレンダー、二枚重なっているのかな。もう十二月なのに。私は壁に近づいて、まじまじと見た。今まで気づかなかったけど、どうやらあと一枚、紙があるみたいだ。何か書いてあるのかしら。私は十二月のカレンダーの裾を両手で持って、くいっとめくり上げた。

は？　なんなの、いったい。私の目に映るのは、カレンダーの数字だ。十二月の次の。しかし一月ではない。私はたぶん数秒間、剝製のヘラジカみたいに、まばたきも呼吸も忘れていた。いったん手をはなして、もう一度持ち上げてみる。さっきと同じだ。私は台所に向かって叫んだ。

「お母さん、このカレンダー、十三月まであるよ！」

母は食器の片づけをしつつ、私の方を軽く見やると、目の前の羽虫を追い払うように答えた。

「それがどうかしたの。あなたももう中学生でしょ。恥ずかしい子ね」

恥ずかしいのか、私は。つまり、今年は十三月まであるってこと？　それとも、このカレンダーがおかしいのか。母に何をどう聞けばよいのかを考えているうちに、バスの時刻が迫ってきた。

「行ってきまーす」

結局、母に言えたのはこれだけだった。


学校に着いた。教室に入るとすぐに、黒板の脇に掛けられたカレンダーに視線と気持ちを投げる。大きな長方形。十一月と十二月が左右に並んでいる。遠目には、このカレンダーのうしろにも紙があるように見える。魔女と噂される老婆が棲む家に忍び込むように、私は恐る恐るカレンダーの方に歩み寄った。そして、微かに震える指で手前の紙の左下隅をつまんで、ゆっくりとめくり上げた。

左側が十三月、右側は空白。

ああ、やっぱりここにも。私は手をはなすと、ぎゅっと拳を握りしめた。心なしか、胃のあたりが重い。どうしよう、どうしよう、なんなのよ！

「朝から何をしているの？」

クラスの女子から声をかけられ、とっさに普通の顔を繕《つくろ》おうとする自分がいた。

「あのね、来月の下旬の曜日を確認したくってさ」

「ふーん。そういえば、今年の十三月は二十六日が『ハボタンの日』で、学校も休みなんだよね」

へえ、そうなんだ。たしかにその日が赤くなっているわ。うん、そうなのね。来月は十三月なのね。そうと決まれば、別にたいしたことないようにも思えてきた。

朝のホームルームでも休暇が話題に。私はぼんやりと聞いている。

「今年のクリスマスの連休は、十二月二十四日から三十一日までだぞ。十三月一日からは時間割通りの授業だから、くれぐれも間違えないようにな」

教室を見渡すと、そんなの当たり前じゃんといった顔がたくさん見える。おそらく、私が気づくのが遅かっただけなのだろう。数日か数年か、そのへんはよくわからない。かといって、今さら誰かに問い質すのも気が引ける。垣根に囲われて見落とされがちな地蔵のようにおとなしくしていよう。

休暇が終わり、十三月が始まった。いつものようにホームルームがあり、いつものように授業が行われて学校での時間が過ぎた。「十三月」という文字や言葉の響きにときどきビクッとすることもあるけれど、どうにかこの暦に波長を合わせていけたらいい。というか、絶対に合わせないとダメだよね。ここが私の生きている世界なんだから。

放課後の通学路を冷たい風が吹き抜けていく。来年の今頃は、高校受験であたふたしているに違いない。それと比べれば、今年はまだ、三人掛けのソファに一人で座っているくらいの余裕が感じられる。十三月の風を避けるようにして、私はバスに乗り込んだ。

「そろそろ年賀はがきを買おうと思うけれど、何枚くらい欲しい?」

家に帰ると母に聞かれた。そうか、来月から新年なんだ。まともな一月だもんね。十三月二十五日までに投函すれば、元旦に届くのかな。とりあえず二十枚頼んでおこう。

年が明けて、正月の三連休を迎えた。休みが三日しかないと、なんとも忙しない。お年玉をもらって、お汁粉を食べて、年賀状の返信を書いて、あっという間に学校が再開した。

通学の途中で、私は大事なことを思い出した。今年のカレンダーだ。教室に入ると、黒板の前を横切ってカレンダーの正面に立つ。忘れがたい宿敵と再会したかのごとく、じっと見つめる。今は、左側が一月、右側は二月だ。さあ、最後のページは？　にわかに緊張が走る。ひとつ深呼吸をしてから、私は思いきって、数枚の紙をまとめてめくった。十二月で終わっている。ほっとして息がもれた。

が、ずれている。左側が十二月、右側は空白。なんなのよ。一月と二月はきちんと並んでいるのに。ということは……。一枚ずつ調べる。結論、九月がない。九月、長月、セプテンバー！　私は九月九日生まれ。首がもげそうになるほどがっくりとうなだれる。またしても胃が重くなってきた。

そんな私にかまうことなく、男子たちが語らっている声が聞こえる。

「去年の十三月が三十日までだったから、今年は九月が省かれたらしいね」

「でもさあ、祝日が一日減ったのはけっこう痛いよな」

なるほど、そういうことか。なかなかよくできた話だわ。これは素直に従うしかなさそうね。

私は、遠征からようやく帰還した兵士の気分で体を起こすと、しっかりと背筋を伸ばして、ふたたびカレンダーを見据えた。誰が悪いのでもないだろうし、もはや何かに怯《おび》えることもない。

私は勝ち誇ったように微笑む。たとえ一年が何か月でも、誕生日が巡ってこなくても、したたかに生き抜いてやろうじゃないの。

夢の化石

ぼくの夢は化石だ。収集家ではない。化石になりたいのだ。たるんだ肉も貧弱な毛も去るがよい。永遠に揺るぎない体が手に入ったら、どんなに勇ましいだろうか。自分が三葉虫やアンモナイトと肩を並べる日を思うと、早くも鳥肌が立ってくる。

先週、物知りな伯父にぼくの夢を教えたら、遠くを見る目をして悲しそうに笑っていた。泣いていたのかもしれない。いざというとき頼りにならないのは困る。

学校で理科の先生に聞いてみた。優雅な手つきで本棚から恐竜図鑑を取り出すと、うしろの資料のページを読めという。「生物の遺骸が海底の砂などに埋もれて、長い長い年月をかけて……」。ああ、まどろっこしい。おとなしく死んでいても肩が凝りそうだ。もっと簡単な方法はないのか。改めて先生に問う。白い指で髪をかき上げると、ペンを頬に当てて、思い出したようにつぶやく。「桃栗三年、化石億年ってところね。まあ、桁違いよ」

そこそこ熱心な人だけれど、言うことは実に気が利かない。柿よりも時間がかかるのは承知の上だ。せいぜい干し柿くらいの手間暇で済まないものか。

家に帰ると、チロがかけ寄ってきた。抱き上げて首をなでれば、嬉しそうに尻尾を振る。底知れぬかわいさ。しかし、こんなチロもいずれは死ぬ。犬は人よりも短命だから、地の底でさっさと化石になりはしまいか。

ぼくは手を止めると、射るような視線で愛犬を見つめた。チロは賢くも、尾を振るのをやめて身を硬くする。

ぼくと目を合わせようとしない。ねえチロ、心配は無用だよ。ぼくの夢は自分が化石になることだから。ふたたび首をなでれば、また元気に尾が振られる。

考えがまとまらなくて頭が重い。前かがみになって夕暮れの街を歩いて、小さな川にかかる古い橋までやってきた。そういえば、人が死ぬときも川を渡るんだっけ。錆びた欄干にもたれて、とぼとぼと流れる水をぼんやりと眺める。風もだるそうに橋の下をくぐっていく。

「久しぶりね。五年ぶりかしら」

突然の声にふり返ると、見慣れない制服の女の子が立っていた。あわてて記憶のアルバムをめくる。一頁、二頁、丸っこいショートカット。小学校のときのクラスメイトだ。放課後の帰り道で、異星人がいるかいないかを論じ合ったのはいつだったか。もう自分の主張すら忘れてしまった。

「こんなところでどうしたの。青春の悩みで身投げでもするつもり？」

「ああ、考えの結論しだいではそれもありかな」

「穏やかじゃないわね。考えって何なの」

久々に会った女の子に話したって仕方ないとも思ったけれど、むしろこんな相手の方が後腐れがないかもしれない。わずかな沈黙ののち、暮れゆく夕陽を眺めつつ、ぼくは彼女に自分の夢を語って聞かせた。


「素敵！　いつの時代も、それくらい壮大な夢をもつべきよ。でも絶対に、フラフラと身投げをして叶う夢ではないわ。理科の先生も言われたように、かなり時間がかかるものでしょ。もっとじっくり考えなくちゃ」

いきなり言葉の滝に打たれて目がくらんだ。滝壺は瞬く間にあふれて、それでも水は勢いを増すばかり。

「まず、あなた自身が化石になる前に意識は完全に失われているはずだから、自分が化石になったという到達感や満足感は得られないわよね。それはもう想像するしかない。だとすると、あなたの化石を誰かにきちんと感じ取ってもらえたらよいと思うの。ただ、そこいらをぶらついている一般人が感激して認めてくれるかというと、それはかなり怪しい。だって、あなたが歴史に名を残しでもしない限り、誰これって感じでしょ、たぶん」

「道はだいぶ険しそうだな。自分では意識できず、かといって他の人に認めてももらえず。せっかく化石になっても、ろくなことなしか」

「まさか諦める気？　ここで引き下がったら三葉虫の笑いものだわ。一般人がだめなら……、そうよ。あなたの化石と興味深く向き合うのは誰かといえば、やっぱり身内ね。こういうとき、血のつながりは強いと思うわ。たとえはるか遠い子孫でも、めでたく自分の先祖の化石とわかれば、それなりの感慨をもって接してくれそうな気がしない？　ずっとずうっと未来のある日に」

こんこんと湧く言葉の群れ。彼女は火照りを隠さずに微笑む。懐かしい。声も、笑顔も、熱も。今、ふわりとふくらんだ短い髪が、ぼくに風向きの変化を告げた。


「化石って孤独かな」

夕陽に向かって投げた言葉は、すぐに打ち返される。

「それはおそらくあなたしだい。とにかく子孫を残すことよ。子に孫にひ孫に、化石になりゆくあなたの切なる思いを伝えていくしかないんじゃないかしら。死してなお継がれる思い、か。素晴らしいじゃない。もしよかったら、協力させてよ。たくさん喋ったら喉も渇いたし、そのへんで何か飲みましょう。今日は私がおごるわ」

彼女に連れられるまま、橋のたもとにあるカフェに入った。ぼくはとうぶん化石になれそうにないけれど、夢はにわかに固まってきた気もする。永遠に揺るぎない夢なんて、まぶしすぎるだろうか。それよりもまず、目の前のまぶしさに慣れないといけない。薄暗い店の奥の方から、紅茶が二つ運ばれてくる。

あとがき

本書『てのひらにいっぱい』は、私にとって初めての著書である。この六年ほどの間に書いたものの中から、ちょうど五十篇を選んで、五つの章に分けて収めた。各篇が独立しているので、うらさびしい時間にも気軽に読める一冊であればうれしい。

これまでの人生の一部は、こうして本の形を得た。ささやかな道標として、これからの日々を照らしてくれるだろうか。それは、私の生き方しだいかもしれない。思いっきり手を伸ばして、相手の手に触れる。手紙だけでなく、この拙い書物もまた、そんな奇跡にあやかれればと願っている。

最後に、刊行へと至る過程で支えてくださったすべての方々に、心より感謝の気持ちを伝えたい。あなたと出会えて、本当によかった。

二〇二二年十月

八木英之

八木英之（やぎ ひでゆき）

1974年8月、東京都八王子市に生まれる。

玉川大学文学部で芸術を学び、中央大学大学院でギリシア哲学を修める。文学修士号取得。

中央大学大学院文学研究科哲学専攻博士後期課程単位取得退学。

現在、会社員。神奈川県相模原市在住。

てのひらにいっぱい

二〇二四年一月二二日　初版発行
著　者——八木英之
発行人——山岡喜美子
発行所——ふらんす堂
〒182-0002　東京都調布市仙川町一—一五—三八—二F
電　話——〇三（三三二六）九〇六一　FAX〇三（三三二六）六九一九
ホームページ　http://furansudo.com/　E-mail　info@furansudo.com
振　替——〇〇一七〇—一—一八四一七三
装　幀——君嶋真理子
印刷所——三修紙工㈱
製本所——三修紙工㈱
定　価——本体二三〇〇円＋税
ISBN978-4-7814-1626-7　C0092　¥2300E